HEINZ LEMMERMANN · Jan Torf

HEINZ LEMMERMANN
geb. 1930 in Trupe bei Lilienthal
Professor an der Universität Bremen

Autor, Herausgeber und Mitherausgeber von Fachschriften (u. a. „Lehrbuch der Rhetorik", „Musikunterricht", seit 1979 das „Jahrbuch für Musiklehrer"), Schulbüchern (u. a. „Die Zugabe", 3 Bände; „Liedermagazin"), Belletristik (u. a. „Der lachende Tag", „Das Jahr hindurch", „Bookwetenpankoken")

Kompositionen,
insbesondere Lieder und Chormusik

HEINZ LEMMERMANN

JAN TORF

Döntjes, Biller
un Vertellen

CARL SCHÜNEMANN VERLAG
BREMEN

CIP-Kurztitelaufnahme der Deutschen Bibliothek

Jan Torf: Döntjes, Biller un Vertellen / Heinz
Lemmermann. – 2. Aufl., 6.–10. Tsd. – Bremen:
Schünemann, 1983
ISBN 3-7961-1741-4
NE: Lemmermann, Heinz [Hrsg.]

2. Auflage – 6.–10. Tausend
© 1982 by Carl Ed. Schünemann KG, Bremen
Alle Rechte vorbehalten
Fotos:
S. 2, 14: Erwin Duwe
S. 13, 39, 49, 57, 69, 85, 91: Heinz Kämena
S. 21, 26: Johann Tietjen (veröffentlicht mit freundlicher Genehmigung
von Frau Lore Aping, Lilienthal)
S. 107: Lucie Engelmeyer
Umschlaggestaltung Hans Eisermann, Bremen
Druck Siegfried Rieck, Delmenhorst
Bindearbeiten Bernhard Gehring, Bielefeld
Printed in Germany 1983
ISBN 3-7961-1741-4

Wat in dit Book steiht: *Up Siete:*

Een Woort vörweg 9

Luter Falten 13

Woans de Snee to sien Farv komen is 16

Jan Torf sien achtersinnige Gedankens 18

Jan Torf un sien Tine 21

De Vörbereitung 21
Tine ehr Prosit 22
Wi geeft dat Swien een bäten weniger 23
Nich up disse Oart 23
Jan bi de Engels 24
Smökt dien Swien? 24
De Olendeeler 25
Jeden Dag dümmer 25

Jan Torf un dat Weer 27

Stadtbelevnis 28

Kaviar un Brummelbeern 28
De Fohrstohl 28
Oma ehr Büx 29

Kinnermund 31

Riemels, Radels, Kinnersnack 31
Geburtsdagswunsch 34
Weltünnergang 34
Dat veerte Element 35
Een von de Dummen 35

Wat Albert Lemmermann belevde 37

Dat Jubiläum 37
De Kark von St. Jürgen 38
Franzosenkrut 40

Trüper Geschichten 42

Snäcke: Tiern up 'n Hoff 42
Eggs – eggs – eggs! 43
De goote Stuuv 43
Dat veerte Gebot 44
Anner Lüd Dummheit 45
Altersbeschwerden 45
Trüper bunte Reeg 46
Snäcke: Tiern ünner sik 51

Froonslüd – Mannslüd 52

Snäcke 52
Hochtietsriemel 53
Jochen un Adeline 53
Maidag 54
Dat groode Muul 55
Höhnerkokelee 57
Peter un Beta 59
Wollerwöör 59

Twee Vertellen von de Oogen 61

Dat Oog will ok wat hebben 61
Hen un retur 62

Gunn di wat Goors 63

Snäcke 63
„Dialog" bi 't Drinken 64
Een mutt nöchtern blieben 65
Jagels Sluck 65
De Eer, de dreiht sik doch 66
Adam kann swümmen 67

De verflixte Arbeit 71

Snäcke 71
Arbeit söken 73
De sure Arbeit 73

Lütt bäten Politik 75

Snäcke 75
Luft afloten 76
De Schandoldemokroten 76
Dütsch is bannig swor 77
Borgermeister sien Jubiläum 78

Fiegeliensche Lüd 79

Snäcke 79
De B O E 81
Zickzack 82
Dat Plumsklosett 83
De Musterung 87
Dat Hauland 87
De Agrarier 89

Hinnerk Gieschen un sien Gesche 93

Pastoorn un anner Lüd 98

Snäcke 98
Praeter propter 99
De Woterstäbel 100
Hemmann de Starke 101
Den Köster sien Urdeel 102
De rechte Platz 103
Jeden drütten Wiehnachtsobend 104
Himmelsfreden 104
De Döpschien 105

Erklärung einiger plattdeutscher Wörter 109

Een Woort vörweg

In mien eerst lütt plattdütsch Book, „Bookwe-tenpankoken", hebb ik mannigwat vertellt von Land un Lüd in Moor un Marsch.

Ok ole Tieden weern nich jümmer goode Tieden. De Arbeit weer foken so suur, as wi us dat vandoge gornich mehr vörstellen könt. För veele arme Min-schen güng dat bloß um't Öwerläben, un so güng denn ehr Plackerwark von morgens fröh bit in de Nacht. Krankheit un mannig anner Elend keemen dorto. De meisten ober, de harrn Moot un Gottvertroon, dat Land fruchtbor to moken un den Grund to leggen, dat wi hier vandoge bäter läben könt.

De Döntjes sünd ok gornich aal so lustig, as dat toeerst woll so schienen mag. Achter dat Lachen luurt mannigmol Eernst.

Veele von disse Geschichten sünd just so passeert, as ik dat hier upschräben heff. Bi annere is ok mol 'n bäten biflunkert worrn. Jan Torf un sien Tine, Hinnerk Gieschen un sien Gesche: de hett dat *so* nich gäben. Ober läwt hebbt se doch – man bloß mit annere Nööms.

Ik glöw ok nich, dat Jan Renken (up Siete 103) den Pastoorn sienen Platz in de Kark für den grooten Paulus anboorn hett. Dat to seggen harr he sik woll nich troot – ober geern don harr he 't! Un so is dat woll to dat Vertellen komen. Doran kann' dat sehn: De Wohrheit is nich bloß de Wirklichkeit dor buten, de Wohrheit is ok dat, wat in' Minschen binnen is, sien Föhlen, sien Trachten, siene Gedankens, sien Harm, sien Freud.

Nu will ik mi noch geern bedanken:

Toeerst mol bi Froo Lore Aping, bi Erwin Duwe un mienen olen Fründ Heinz Kämena, aal ut Leendol. Se hebbt mi de Biller gäben, de dit Book wat scheuner mokt.

Un denn bedank ik mi bi aal de Lüd, de mi fiegeliensche Döntjes und mannigeen Snack vertellt hebbt. Dat sünd

Günter Gieschen, Eekdorp (Eickedorf)

Dietz Heye, Bremen (ober de is un bliff 'n olen Trüper)

Ernst-Joachim Kunze, Öberenn (Oberende)

Hans-Günther Kunze, ut de Trup (Trupe)

Albert, Meta, Ruth Lemmermann, ut de Trup (Trupe)

Hinrich Meyerdierks, ut de Trup (Trupe)

Jürgen Pape, ut de Trup (Trupe)
Karla Pfingsten, Feldhusen (Feldhausen)
Herbert Rüßmeyer, Trüpermoor (Trupermoor)
Hinrich Schröder, Dannenbarg (Dannenberg)
Horst Schubert, Feldhusen (Feldhausen)
(Ik heff jo woll keen' vergäten?)

Mannigeen, de mienen „Bookwetenpankoken"' läsen hett, wull nu ok sülbens so 'n Bookwetenpankoken backen un hett dat ok don. Wo 'n dat anstellen kann, steiht jo in mien lütt Gedicht binnen. Ober eens harr ik man vergäten uptoschriewen: woveel Mehl un Speck un Solt un Sohne dorto hört. Un so is dor mannigeen Pankoken to dick worrn oder to solten oder to sööt. Dat schall nu ober anners weern. Für aal, de't ganz genau wäten wüllt hier nu dat Rezept. Wi in' Huus hebbt dat acht Doge nonanner utprobeert – bit dat keen halbet Gramm to veel un keen halbet Gramm to wenig weer:

För veer Mann hoch dor reckt dat goot, wenn' 299 un' half Gramm Bookwetenmehl herkriggt un 199 un' half Gramm Speck mit Striepen, fein in Schieben sneden verdwass öbern Dumen. Un denn hört dorto just een Teeläpel Solt, een Koppken sure Sohne, 1/2 Liter lauwarmet Woter, 119 un 3/4 Gramm Smolt oder Morgarine. Un denn nich vergäten: 'n bäten Siiiiirup oder Honnig oder Bickbeern dorbi.

Un wenn de veer Mann hoch nu mol reineweg

uthungert sünd – denn brukt se bloß von aal wat dorto hört dat dubbelte to nähmen. Denn so wüllt se ok woll öwerläben . . .

„Up 'n vullen Buk steiht 'n lustigen Kopp" – sä Jan Torf. Un ik segg dat ok.

Leendol-Trup (Lilienthal-Trupe),
Septemberdag 1982

Heinz Lemmermann

Luter Falten

So 'n olet Buurnhus as dit hier hett veel öwereen mit mannig olen Minschen.

Dat ole Hus

De Finster, dat sünd de Oogen; dat Dack, dat is dat Hoor. De Oogen weerd gries mit de Tiet un dat Hoor word witt un fallt rünner. Dat Hus kriggt 'n Puckel un wast woller dol no de Eer hen. Just as de ole Minsch ok.

Un denn, wo 'n dor henkick: de Hut smitt nix as Falten. So mannigeen Storm, de is üm 't Hus brust; so mannigeen Regenschur hett de Steen un de Balkens all uthöhlt; un de Hogel sleit nu all mol dör up de Deel.

Een Jan von' Moor is hier to Hus. Un de much mit keneen annern tuschen, so verwassen is he mit sien olet Hus un mit den lüttjen Placken Eer, wo he sien ganzet Leben tobrocht hett.

De ole Minsch

Un den olen Minschen, den geiht dat just so as een olet Hus. In sien Gesicht, dor hett sik een sworet Leben so richtig ingroben. De veele Arbeit un so mannig Harm hett Sporen loten, de nich wegtowischen sünd. Nix is hier schier un glatt; bloß luter Falten krüz un quer. Un dor schall nu mol een komen un behaupten, Jan von' Moor weer „ein- fältig"! Isse gornich.

So eernst un skeptsch he hier ok in de Welt kick, so plietsch vergnögt kann he to anner Tiet mol wäsen.

As sien Froo ehren föftigsten Geburtsdag harr, dor stell se sik vör ehren Spegel, dreih sik no rechts, dreih sik no links, un weer mit sik noch best tofreden. Se dreih sik üm un frog ehr 'n Jan: „Nu segg mol sülbens, seh ik denn ut as föftig?" Jan keek ehr an ganz fiegeliensch so von de Siet un sä: „Dor hest du recht − all lang nich mehr . . . "

Dat is de Scharm von' Düwelsmoor.

As Jan sik no lange Tiet mol woller raseern dä un sik denn ok in ' Spegel bekeek, dor verfeer he sik bannig un meen man bloß: „Dübel ok − luter Falten! Un *aal* komt se jümmer in 't Gesicht! Dorbi harrn de doch *ganz woanners* veel mehr Platz . . . "

Nu gifft dat vandoge jo Froonslüd, de könt dat nich verknusen, wenn de Tiet mit'n Ploog dört Gesicht treckt un dor Falten smitt. Denn lot se sik de wegopereeren; „liften" segg 'n dorto ganz vörnehm. Dat mokt denn de neemodschen Dokters, disse „Liftboys".

Mi ducht ober, Falten sünd wat scheunet un mokt een Gesicht eerst lebennig. Wi schullen de Falten ruhig beholen un us Oller annehmen. Go mi doch los mit allto glatte Minschen! Un in allto glatten Hüsern lewt sik dat noch langen nich glatt.

Dorum wull ik woll aal de Froonslüd raden: seggt jur Mannslüd, wenn se Falten kriegt, dat de von dat veele Nodenken komen sünd. Denn freut se sik. Un de Mannslüd schullen sik revanscheeren un to ehr Froons man kniepögen: „Jedeen von dien Falten is nix anners as 'n stohnbleben Lachen!" Denn freut de sik ok.

Un nu kiek ik noch mol up den Jan von' Moor.

So 'n olen Minschen as disse hier hett veel owereen mit mannig ol Buurnhus.

De Oogen, dat sünd de Finster; dat Hoor, dat is dat Dack. De Finster weerd gries mit de Tiet un dat Dack word witt un fallt rünner. De Minsch kriggt 'n Puckel un wast woller dol no de Eer hen. Just as dat ole Hus ok.

Wenn de Minschen dat, wat in de Natur passeert, sik nich verklorn könt, denn so denkt se sik wat ut, woans dat woll hett komen kunnt. So hebbt se sik ok de Märken utdacht, un een so 'n olet Märken will ik hier nu neet vertellen:

Woans de Snee to sien Farv komen is

In ole Tieden, dor hett de Snee gor keen Farv hatt, un hett doch jümmer so geern welke hebben wullt. Dor is he no dat Veilchen gohn. Dat Veilchen

lett jo blau, blau as de Häben an' Föhrjohrsdag.
Ober dat Veilchen wull em nich von sien Farv gä-
ben un sä, he schull man wieter gohn.

Dor is he no de Botterbloom hengohn. De Bot-
terbloom lett jo gäl, wietluchten gäl as de Sünn an'
Sommerdag. Ober de Botterbloom wull em ok nich
von sien Farv gäben un sä, he schull man wieter-
gohn.

Dor is he no de Roos hengohn. De Roos lett jo
root, gleunig root as dat Füür un as de Leew. Ober
de stolte Roos sä, de scheune roote Farv weer veel
to schod för em, un he schull man wietergohn.

So güng de Snee no aal de Bloomen hen, man
keeneen wull em von sien Farv gäben.

Dor dröp he eens Dogs dat Sneeglöckchen. Dat
Sneeglöckchen lett jo witt, rein unschullig witt. Dat
wull eers ok nich. Ober dor füng de Snee an to
jammern un to jaulen: „Wenn du mi nu nich von
dien Farv giffst, denn so mutt ik jümmer up de Eer
dolfalln ohn Farv, dat mi keeneen to sehn kriggt.
Denn geiht mi dat so as den Wind, de hett jo ok
keen Farv kregen, un dorum huult he un muult he
jo sien ganzet Leben lang . . . " Dor harr dat Snee-
glöckchen Erbarmen mit den Snee un geef em von
sien Farv.

Un ssüh, von disse Tiet an is de Snee jo aal de an-
nern Bloomen gram un lett se verfreern, wenn he
jem to foten kriggt. Bloß dat Sneeglöckchen, dat
verfrüst jo nich, dat schont he. Wiel he dor vandoge
jümmer noch an denken mutt, dat he von em mol
sien Farv kregen hett.

17

Jan Torf sien achtersinnige Gedankens

Dat is keen Kunst,
Buur to weern,
ober woll, een to blieben
Hann' in' Schoot
gifft keen Brot

Wenn de Wind nich weiht,
denn de Möhl nich geiht

Een Mudder kann eeder teihn Kinner ernährn
as teihn Kinner een Mudder

Geld un Goot
is Ebb un Floot

Dat Geld kumt hinkend in't Hus
un löppt danzend dorut

Dat Geld, wat stumm is,
mokt liek, wat krumm is

De köfft, wat he nich nödig hett,
mutt achterher verköpen,
wat he nödig hett

Wat 'n Swientrog weern schall,
dor word sien Leevdag keen Vigelin ut

Mit Gewalt kannst du 'n Vigelin an 'n
Eekboom tweislon

De 'n annern jogen will,
mutt sülvst mitlopen

Geiht de eene von' Hoff,
seggt de anner „Gottloff"

Mannigeen söcht Arbeit
un dankt Gott, wenn he keen findt

Wer 'n Buurn narrn will,
mutt all 'n Buurn mitbringen

De vörher warnt,
dat is mien Fründ;
de noher warnt,
de hett mi 't günnt

De Slechtigkeit in' Minschen,
dor kannst di jümmer up verloten

De Kuckuck beholt sien' Sang,
de Glock ehren Klang,
de Minsch sienen Gang

Hau den Boom nich üm,
de di den Schatten gifft

Wenn ole Bööm ümplannt weert,
denn goht se ut

De Minsch mutt jümmer pisackt weern,
denn kriggt he Lust to starben

Krieg is jümmer denn, wenn Mannslüd,
de sik gornich kennt,
upnanner scheeten doot,
un dorto anstift weerd von Mannslüd,
de sik bestens kennt,
ober nich upnanner scheeten doot

Dor is noch nie een Krieg verlorn worrn –
de Minschen hebbt em jümmer wollerfunnen

De Dood hett keenen Kalenner

Een Katen in' Düwelsmoor (um 1900)

JAN TORF UN SIEN TINE

De Vörbereitung

In' Moor is dat fröher nicht Mode wäsen, dat Mann un Froo sik inhoken, wenn se blangen anneran güngen. Ober bi dat Ümhacken up'n Feld, as se sik sülbens vör de Egg spannen, dor güngen se inhokt – un vörher, wenn se as Brut und Brögam den Pastoorn besöchten un dat Upgebot bestellten.

Jan Torf un sien Tine harrn sik dat to Harvst gau öwerleggt, doch noch dit Johr to freen. De Kartüffelutkriegetiet stünd vör de Döör, un Tine schull doch de Kartüffeln rutmoken helpen. Nu weer keen Tiet mehr to verleern. Dor seeten se nu inhokt bi den Pastoorn un melln ehr Hochtiet an. De keek jem beide fragwies an: „Na, mein lieber Bräutigam und meine liebe Braut, habt Ihr Euch denn auch ordentlich *vorbereitet* für den wichtigen Schritt, den Ihr unternehmen wollt?" „Jawoll, Herr Pastoor", sä Jan em straks int Gesicht, „dat güng man aalns 'n bäten flink, ober wi sünd bestens vörbereit': wi hebbt 'n Jungbeest slacht, een Schaap dorto, un denn dachen wi noch de öllsten Höhner afftomoken. Dennso schallt woll langen. Meent Se nich ok . . . ?"

Tine ehr Prosit

As Jan Torf un sien Tine ehr Hochtiet fiern, dor fier de Pastoor duchtig mit. Tine harr to geern mit den Pastoorn anstott, troo sik ober nich. Se kunn doch nich „Prost!" seggen to den Karkenmann, dat schick sik doch nich. Lange Tiet dach se no, ob ehr nich wat infallen wull, wat dor för Prosit passen kunn. Mit'n mol güng 'n Luchten öwer ehr Gesicht, so nöhm dat Glas, güng up'n Pastoorn to un stööt mit em an: „Halleluja, Herr Pastoor!"

Wi geeft de Swien een bäten weniger

De Kinner keemen bi Jan Torf as de Orgelpipen. De gröttern hülpen all mit bi 'n Torfgroben, un de lüttjen in Hus un Hoff. As Tine nu all dat teihnte Kind in' Arm harr, dor füng se an to weenen un meen man bloß: ,,Och Jan, wat schall dor mol ut warrn?! Teihn Kinner! Du lewe Gott, wo schüllt wi de aal groot kriegen!"

,,Och Tine," anter Jan, ,,dor quäl di man nich mit. Wenn dor all negen meist groot sünd, denn wült wi mit dat teihnte ok woll noch to schick komen. Wi gäwt bloß de Swien een bäten weniger to eten, denn is dat licht dorbi öwer . . . "

Nich up disse Oart

Jan brochte to Harvst sienen Torf mit dat Schipp no Bremen. De Hamm (Hamme-Fluß) weer fröhmorgens vull von swarte Seils, de de Torfscheep upspannt harrn. Tietjens Hutten weer'n Wirtschaft an de Hamm, wo de Torfbuurn inkehrn dän un sik bi Sluck un Beer 'n beten verholen.

Eens morgens harr Jan Torf just mit sien Schipp anlegt, nehm sik 'n Fievgroschenstuck ut' Schapp un wull an Land. Dor füll em dat Geld dör de Finger in't Woter – un ,,blupp" – weg weert. Jan stellde sik breetbeenig up 'n Steeg, keek de Blosen in't Woter no un sä ganz sinnig: ,,Versupen wull ik di jo – ober nich up disse Oart . . . "

Jan bi de Engels

Smöken dä Jan för sien Leben geern. Dat weer 'n Jammer, meen he, dat 'n bi 'n Eten de Piep ut 'n Mund nehmen muß.

As Tine mit de Froonslüd ut de Noberskopp bi Koffee un Botterkoken ehrn Geburtsdag fiern dä, verpeste Jan mit sienen „swatten Krusen" de Luft in de Dönz. Un Tine schimp em wat ut: „Kannst du dienen olen Stinkehoken denn nich mol ut 'n Muul loten, wenn wi Froonslüd hier tosomen sitt'?"

Jan Torf, de harr een Antwort proot, wo de ganze Scharm von' Düwelsmoor binnen weer: „Ik dachde jo man bloß: wo Engels tosomenkomt, dor dröft jo de Wulken nich fehlen . . . "

Smökt dien Swien?

Jan Torf keek öbern Tuun up de Noberskopp röber, wo Hemmann Renken up 'n Messfohl togangen weer. Denn röp he em luthaals to: „Segg mol, Hemmann – smökt dien Swien?"

„Mien Swien un smöken – wo kummst du denn up so 'n Tühnkrom! Büst woll besopen!"

„Ik bün so nöchtern as du man öfter wesen schullst. Ober wenn dien Swien nich smöken doot, denn so brennt dat in dien' Swienstall!"

De Olendeeler

As Jan Torf nu säbenzig Johr olt worr, dor dacht
he dor an, Olendeeler to weern un sienen ollsten
Jung den lütten Hoff to öwergäben. De harr dor all
lang up luurt, ober Vadder weer 'n ganzen Dickopp
un meen, sien Jochen weer ok mit 'n halv hunnert
Johr up 'n Puckel jümmer noch to jung dorto. Nu
harr Jan noch een Bedingung bi 'n Anwalt, as se
den Verdrag ünnerschreben dän: *Een* Johr wull he
noch dat Seggen hebben, un denn wull he dor nich
mehr twussensnacken. ,,Inverstohn", slög Jochen
in, ,,dat Johr geiht ok noch rüm."

As Vadder un Söhn woller up 'n Weg no Hus
weern, kehrn se in 'ne Wirtschaft in. De Verdrag,
de muß jo begoten weern. As se an de Theke sitten
güngen, bestell Jan Torf, de jo noch een Johr dat
Seggen harr: ,,Bring mi man 'n Sluck un' Beer.
Mien Jung, de Jochen, kriggt 'n Sprudel . . . "

Jeden Dag dümmer

Jan Torf harr sienen negenzigsten Geburtsdag.
Dor keem em ok de Pastoor besöken un wull we-
ten, wo he dat anstellt harr, so olt to weern. ,,Tja",
sä Jan, ,,dat beste Mittel, olt to weern, is, nich so
fröh doot to blieben. – Ober, Herr Pastoor, man
word jeden Dag 'n bäten oller un jeden Dag 'n bä-
ten dümmer." ,,Älter werd ich ja auch", meen de

Pastoor, „aber dümmer – davon hab ich noch nichts gemerkt." –

„Dat is jo just dat slimme, Herr Pastoor, dat markt bloß jümmer de annern; wi sülbens markt dat jo gor nich . . ."

Torfsteken (um 1900)

JAN TORF UN DAT WEER

Kalenner weerd von Minschen mokt,
un Gott, de mokt dat Weer

De Stünn
vör de Sünn
tütt dör de Plünn

Obendrot, morgen goot;
Morgenrot, Woter in' Soot

Wenn sik de Kreih vör
Maidag int Korn versteken kann,
gifft dat 'n goot Johr

Mairegen up de Saaten,
denn hogelt dat Dukaten

Gewitter in' Mai
– singt Jan-Buur juchhei

Mai kolt un natt,
füllt den Buurn Schüün un Fatt

Vör Johanni beet um Regen,
noher kümmt he ungelegen

Novembersnee
deit de Saat nich weh

STADTBELEVNIS

Kaviar un Brummelbeern

As Gesche noch 'n junge Deern weer, dor harr se in Bremen ne Stellung. Bi eene heel vörnehme Koopmannsfamilje in Swakhusen. Dor geef dat denn morgens to'n Fröhstück ok all mol Kaviar, un dat weer jo wat Nees för Gesche. Kaviar harr se in' Leben noch nich sehn un eerst recht nich to smekken kregen.

Nu keem se to'n eersten Mol woller no Hus in't Moor, un dor worr se denn frogt, wo ehr dat in Bremen gefallen dä. „Och", sä se, „dat geiht mi bannig goot. De Lüd sünd piekfein, ober ganz fründlich." – „Kriggst du denn ok goot to eten?", wull ehr Mudder weten. – „Mehr noch as goot", anter Gesche, „jümmerto dat Beste von' Besten. Man bloß morgens: de ole Brummelbeermarmelod – de smeckt jo so gräsig no Fisch – un dor kann un kann ik mi nich an gewöhnen . . . "

De Fohrstohl

Passeert is de Geschicht vör veele, veele Johrn. Jan un Gesche keemen in Bremen in een groot Koophus, un denn stünn se to 'n eersten Mol in eern Leben vör een' Fohrstohl. Een Fohrstohl! Dunnerslag, wat weer dat bloß för 'n afsunnerlich Dings: Een Stohl to'n Fohrn?

Dat weer nu so 'n lüttje Kabin, dor güng de Döör von sülbens up, as wenn so'n Geisterhand se ut'nannertrecken dä. Un denn keem so 'n ole pukkelige Froo dor an mit griese Hoor, de güng dor rin – un batz! – weer de Döör dicht, un de Kabin nei ut no boben, as wull se in den Häben flegen.

„Meiin Zeiit!", verjog sik Gesche, „wo de woll afblifft?" Dat duur man bloß 'n Oogenblick, dor keem de Fohrstohl von boben woller retur, bleev d' bi stohn, de Döör güng up, un rut keem dor een – smucke junge Deern!

Gesche keek, as harr se't seefte Weltwunner sehn, leet ehr Mundwark eerst mol openstohn, dreih sik üm un frogde: „Jan, wo kann dat bloß angohn?" Dor hööl Jan sien ' Kopp lütt beten scheef, keek ehr fiegeliensch in 't Gesicht un meen man bloß: „Gesche – dor muß *du* ok mol rin ... "

Oma ehr Büx

Jan Torf sien Jochen weer to Föhrjohr kunfermeert worrn, dor druff he to Harvst to 'n eersten Mol mit Mudder un Oma no 'n Bremer Freemarkt.

De dree weern mit Nobers Hemmann up 'n Torfwogen no Bremen juckelt un meist ramdösig worrn, as se den ganzen Namiddag mit Juchen un Geschree von een Karussell up 't aneere stiegen dän. As se toletzt ut de Geisterbohn keemen, weern aal dree witschen as 'n kalkte Wand; un Oma harr dat schier mit de Angst kregen: „Dat is jo gruseliger as wenn' an' Novemberdag dört Tarmster Moor stäbelt . . . "

Nu stünnen de dree an' Parkbohnhoff vörn Schalter un wulln mit „Jan Reiners", de Kleenbohn, trüchföhrn in 't Moor. Un Tine verlangde: „Twee Billjets no Tüschendorp – för us Oma un mi. Un' half Billjet för Jochen hier."

Dor muster de Schaffner den Jochen von boben bit ünnen un sä: „De Jung mutt ober vull betohlen – de hett jo all 'n lange Büx an!"

Nu keem Tine ober in Brass: „Wenn dat bi ju hier no de Büxen geiht – denn so bruk *ik* man bloß de Hälfte to betohlen – un us Oma gor nix . . . "

KINNERMUND

Riemels, Radels, Kinnersnack

Porgenquaken:

,,Nobersche, Nobersche,
wonehr wull du bakken,
wull du bakken,
wull du bakken?"
     ,,Mo-orgen, mo-orgen,
     mo-orgen, mo-orgen",
,,Ik ook, ik ook,
ik ook, ik ook!"
     ,,Obends is de Koken goor,
     is de Koken goor,
     is de Koken goor!"

Mit flinke Tung:

Nobers Hund heet Kunterbunt,
Kunterbunt heet Nobers Hund

Sniederscheer snitt scharp,
scharp snitt Sniederscheer

Wat is dat:

Tweebeen seet up Dreebeen
ünner Veerbeen
(De Melker)

Tweebeen seet up Dreebeen
un eet Eenbeen.
Dor keem Veerbeen un nehm Tweebeen
sien Eenbeen.
Dor nehm Tweebeen Dreebeen
un smeet Veerbeen,
dat Veerbeen Eenbeen fallen leet
(Minsch, Schemel, Schinken, Hund)

De Blinne seech 'n Hosen lopen,
de Lohme greep em,
un de Nokde steek em in de Tasch.
Wat is dat?
(Ne Löge)

Keen itt jümmer mit twee Läpels?
(De Hos)

Wann doot den Hosen de Tähn weh?
(Wenn em de Hund bitt)

Wo liggt de Hos an warmsten?
(In de Pann)

Et geiht öwer de Brücken,
hett dat Hus up 'n Rücken
(De Sneck)

Een Hus vull,
een Land vull
een Hoff vull,
un doch keen Hand vull
(De Rouk)

Een Voß güng in' Moor spozeern un dröp de Göös:
„Goon Dag, ji hunnert Göös", sä he.
Dor anter de Ganter:
„Oh, wi sünd noch lang keen hunnert.
Noch mol soveel as wi all sünd, un noch een half
mol soveel, un noch een viddel mol soveel —
un wenn du denn dor noch bi kumst – denn sünd wi
hunnert!"
Woveel Göös weern tohoop?
(36. 36 un 36 un 18 un 9 un 1 = 100)

Geburtsdagswunsch

De lüttje Beernd harr sienen achten Geburtsdag, un dor frog em de Scholmester, wat he sik denn wünschen dä. „Wünschen do ik mi bloß tweerlee: eerstens, dat de School afbrennt und tweetens, dat ik dorbi tokieken kann."

Weltünnergang

Vör mehr as hunnert Johrn hett een Schoolmester mol versöcht, de Kinner dat klortomoken, wo dat bi'n Weltünnergang woll togohn wull. Un he vertell dat so, dat jem dat angst und bangen moken schull: „Stellt ju dat mol vör: De Eer is in een' Tuur an bewern; de Luft is vull von Brandgeruch; de Storm ritt de Bööm mit de Wuddeln rut; de Schünendöörns fleegt ut de Angeln; dat Husdack land't in Goarn; dat is gleunig hitt un word düster un jümmer mehr düster; denn tuckt de Blitzen, dat de Oogen blind weert; un denn rullt de Donner, dat dat Trummelfell platzen deit. Dat Füür brikt ut de Wulken un speet de Flammen up de Eer."

Dor mok de Schoolmester een Pause un wull sik ümsehn, wat för 'n Wirkung sien Vertellen harr. Un denn frög he den lüttjen Jan: „Wat meenst du dorto?"

„Ooch – ik meen man bloß – hett jo aalns ok sien Goors: bi so'n Unwedder brukt wi jo denn woll nich nor School . . . "

Dat veerte Element

Dat liggt all 'n half Johrhunnert trüch, dor hett 'n Schoolmester in sien Klass mol de veer Elemente dörnohmen. Nu schull de lüttje Antrin de aal mol weller hersägen. Dat eerste füll ehr fors in: „Erde". „Richtig", nickopp de Schoolmester, „und das zweite?". „Luft." – „Und das dritte?" Dor muß Antrin all langen nodenken; ober denn keem dat doch rut: „Pfeuer!" – „Eines fehlt noch, mein Deern, denk mal gut nach!" – No ganz lange Tiet keem ehr endlich de Erleuchtung, un se röp: „Grog!" – „Grog? Ober Antrin, wo kummst du dor denn up?" – „Ooch – dat seggt doch us Mudder jümmer, wenn Vadder an' Winterdag so gräsig veel Grog drinken deit: „Nu is he woller ganz in sien' Element . . ." "

Een von de Dummen

As de Schoolrat een Visitatschon moken wull in' Moordörp, dor bleev he doch mit sien neet Auto midden up de Chaussee liggen. Nu wuß he nich, wat he moken schull. He harr dor up studeert, Kinner to lehrn un nich Autos to repareern.

Dor frog he eenen Schooljung, de mit 'n Rad just vörbi keem: „Wo wiet is dat denn noch bit to 'n Dörp?" –

„Dat sünd noch lüttje twee Kilometer", sä de Jung.

„Un wo wiet is dat bit no een Autowarksteet?" –
„De is wiet wech; in Tarms (Tarmstedt)". –

„Dat is ober argerlich", sä de Schoolrat, „ik heff dat vandoge so hilt."

„Wat is dor denn an koputt?", wull de Jung nu weten.

„Weet ik dat", lamenteer de Schoolrat un keek no den Motor, „wenn ik dor bloß wat von verstohn dä!"

Dor keem de Jung nöger un steek sienen neeschierigen Kopp unner de Huben. He dreih hier 'n bäten un dor 'n bäten – un harr dat bald rut, woan dat leeg, dat he nich wull. No 'n lüttje Tiet slög de lütt Jung de Huben dicht un meen: „Allens woller klor! Se könt nu wieterföhrn."

Dor freu sik de Schoolrat un bedank sik: „Du büst jo een bannig kloken Keerl – ober du muß doch woll egentlich inne School wäsen, nich?"

„Egentlich woll – ober vandoge schall de Schoolrat komen tor Visitatschon, un dor meen de Lehrer, dat weer beter, wenn wie Dummen aal no Hus güngen . . ."

WAT ALBERT LEMMERMANN BELEVDE

Dat Jubiläum

In fröhern Tieden weer dat mit de Schoolmesters up 'n Dörpen so, dat se den „Reegdisch" (Reihetisch) harrn. Dat heet, se güngen jeden Dag oder alle poor Dog de Reeg üm in de Dörpshüser to 'n eten.

Nu meenen de Froonslüd dat goot mit de Schoolmesters un koken för jem dat, wat de geern eten muchen. As Albert Lemmermann von 't Seminor in Stood (Stade) sien eerste Stelle in Torfmoor kreeg, dor worr he ok fors frogt, wat denn woll sien „Leibgericht" weer, un he anter: „Arfenssupp mit Speck!"

Dat hebbt sik de Husfroon gau markt, un so kreeg de nee' Schoolmesters fors an' eersten Dag sien' Arfenssupp mit Speck. Un den tweeten Dag datsulbe up de Noberskopp, un den drütten un veerten Dag ok; un so güng dat wieter, Hus bi Hus. Un no veerteihn Dogen, dor weer Arfenssupp mit Speck gewiß nich mehr sien leevstet Gericht. He harr Last, dat schöne Eten doltosluken, ober seggen much he jo ok nix; de Kökschen harrn sik jo so veel Möh gäben ... Eens Dogs nu wull een Buur sien Oogen nich troon, as he den Schoolmester to Middag int Hus komen seech: Albert Lemmermann harr 'n swarten Anzug an, 'n Zylinner up 'n

Kopp un 'n sülbern Roos vör de Bost steken. „Mein Zeiit, Albert", wunner sik de Buur, „wat is denn mit di los – kummst du von 'ne Beerdigung oder wull du no 'r Hochtiet?" „Nix dorvon," sä de Schoolmester, „ik heff man bloß mien Jubiläum!" – „Du un Jubiläum? Wo kummst du dor denn to?" – „Tja – as ik hüt morgen hier vörbi keem, dor hebb ik dat all rüken kunnt: dat gifft Arfenssupp mit Speck – to 'n fievuntwintigsten Mol achternanner . . ."

Von dissen Dag an kreeg Albert Lemmermann ok mol wat anners to eten . . .

De Kark von Sankt Jürgen

Eene von de schönsten lüttjen Karken in us Gegend liggt in' Sankt-Jürgensland, twüschen Ritterhur un Leendol (Lilienthal). Wiel dat Gottshus so wiet af liggt von de Dörper, de dorto hört, is de, Karkenbesök nich jümmer just de beste. As Albert Lemmermann, de junge Schoolmester von Torfmoor, to 'n eersten Mol de Karken besoch, dor wull he so geern 'n beten de Orgel spälen. Man de Köster, de ok Organist weer, harr de Pedole von de Orgel mit Bredder tonogelt, dat 'n dor nich ran kunn. He meen man bloß: „Mit de Beenen, dor kom ik nich to schick dor unnen; wat schall dat ok – mit de Hannen dor boben mok ik jümmer Spektokel genuch."

De Schoolmester frög den Köster: „Dat is doch

so 'n groote Gemeen un bloß so 'n lüttje Karken – goht denn aal de Lüd dor rin an' Sonndag?" – "Dat is so", resonneer de Köster, "wenn de Buurn dor aal ringüngen – denn güngen se nich aal rin. Ober wo se dor doch nich aal ringoht – goht se doch aal rin . . ."

De schönste Tiet: Föhrjohr in' Düwelsmoor

Dat bleuht un dat bleuht . . .

Franzosenkrut

Ut de Franzosentiet (1806–1813) is in Dütschland allerhand bi hangen bläben. Ok in us Plattdütsch hebbt wi so mannigeen Woort, dat ut 'n franzööschen kummt. Dor gifft dat 'n „Billjett", wenn' Fohrkort meent is. Dor gifft dat 'n „Buddel", un dat is nix anners as „bouteille". Dor kummt'n in de „Bredulje". Dor föhrt 'n woller „retur" (retour), dor geiht 'n up 'n „Trottoar" (Trottoir), un dor heet dat: „Mok mi keen Fisematenten", wenn dat um Undöög geiht! „Fisematenten" – dat heet up franzöösch „visitéz ma tente" un bedürt: „besuche mein Zelt". Dat weer de Inlodung von de franzööschen Suldoten för de dütschen Deerns, wenn se mit jem anbanneln wulln. Un de dütschen Deerns ehr Mudders sän denn: „Mok mi bloß keen Fisematenten!" Ob dat wat nutzt hett? Ik weet nich so recht . . .

Wat mien Vadder weer, Albert Lemmermann, de harr ok mol so'n Woort to hörn kregen, wat em gor nich plattdütsch vörköm. Wenn de Ollern ehr Kinner utschellen dän, wenn de mol quengelig weern un nich uphörn wullen, denn strecken se den Wieserfinger in de Höchde un sän: „Ik will di wat bi prampa!"

„Prampa" – wat much dat woll bedüden? No lange Tiet keem he endlich dor achter. Twee Buurn ut'n Dörp harr 'n as Jungkeerls bi de Garde in Potsdam deent. Un dor weern se ok mit Suldoten tosomenkomen, de ut Elsaß-Lothringen stammen dän.

Un wenn de mol keen Lust harrn to parieren, denn dön se so, as ob se gor keen dütsch verstohn kunnen: „Je ne comprends pas („Jö nö kompram pa"), dat heet: „Ich verstehe nicht". „Ssüh," sän de dütschen Kameroden, „de mokt all woller up pram pa!" Un as se von' Kommiss no Hus keemen, hebbt se de Wöör „pram pa" up ehr Kinner anwendt, wenn de ok nich verstohn wullen, wat dor seggt weer . . . „Ik will di wat bi prampa!"

TRÜPER GESCHICHTEN

Snäcke: Tiern up'n Hoff

Hunger deit weh,
för Minschen un för Veeh

De ruugsten Fohlen
weerd de glattsten Peer

Du kannst de Koh dat Bölken
nich verwehrn

De Koh gifft nich bloß Melk,
sä de Buur,
dor pedd he in de Schiet

Wer den Hund tarrt,
mutt dat Biten vorleef nehmen

Eggs – eggs – eggs!

As de Krieg bald to Enn güng, keemen de „Tommies", de engelschen Suldoten, ok no de Trup (Trupe). Bi Grimm Bertha stünn se denn vör de Döör un verlangden jümmer woller Eier, de se in ehr Pann slon wullen. Un se röpen dat up engelsch: „Eggs – eggs – eggs!" Bertha ober wull jem aalns gäben, Botter, Brot un Wuss, ober keen „eggs!" – nä, dor harr se wat gegen. Toletzt sä Opa Grimm: „Nu geev jem doch endlich de ‚eggs', anners hört de jo gornich up to ramentern."

„Nä", anter Bertha, „ik will den Dübel doon – de kriegt keen *Äx* (Axt!) – dor kunn' se mi jo mit dootslon!"

De goote Stuuv

In mannigeen Buurnhus weer „de goote Stuuv" so ne Oart „Heiligtum". Bloß to ganz besonnere Gelegenheiten druffen dor rin.

Mogret Meyerdierks ut d' Trup (Trupe) harr ehr goote Stuuv dat ganze Johr öwer afsloten, as wenn dor dat Geld vergroben weer. Jedet Johr in' Januor, wenn se Geburtsdag harr, denn güng se *eenmol* dor rin, so gegen halbig dree an' Namiddag. Denn wisch se den Stuff, wenn ok gorkeen weer. Denn deck se den Koffeedisch un bööt den Oben mit Torf. Un denn hol se den Botterkoken rin, den „witten Torf", as se seggen dä. Mit 'n Klockenslag veer stünden aal ehr Komotsen in de Döör un keemen to 'n Groleern: Eimers Beetschen, Pattschippers Dortschen un Webers Jan sien Meetschen. Dat feine Plüschsofa wunner sik bannig, woto dat up 'n mol goot wäsen schull – dat ganze Johr harr dor keen een up säten, un nu up eens dree stäbige Froonslüd. Dat weer dat Sofa jo nich gewennt, un dorum füng dat nu an to quietschen un to stöhnen.

Mit 'n Klockenslag säben harrn de Gäst sik utsnackt un aal den Koken in' Liev. Se stünnen up un sän „Tschüß Mogret – bit tokum Johr denn!". Mogret Meyerdierks keek jem no, as ehr Komotsen in' Düstern von' Hoff slarden: Eimers Beetschen, Pattschippers Dortschen un Webers Jan sien Meetschen. Se sä denn bloß: „Nu hebb ik se aal mol woller harrt"; denn rüüm se de goote Stuben up, mok den Oben ut un slöt de Döör to. Dat doldruckte Plüschsofa kunn sik nu woller verholen – von fiev un' half Zentner Last. Un dat een ganzet Johr lang ...

Dat veerte Gebot

Oma Harjes ut de Trup harr een Enkelkind, dat weer mol'n bäten frech wäsen to ehr, un dat kunn se nich verknusen. Dor füng se an to schellen un sä: „Hebbt ji in de School denn nich dat veerte Gebot lehrt: Du sollst deinen Vater und deine Mutter ehren, auf daß dir's wohlgehe und du lange lebest auf Erden?" – „Dat hebbt wi woll lehrt, un dor hol ik mi ok an: ober *Omas* komt in dat veerte Gebot gornich vör..."

Anner Lüd Dummheit

Opa Wischhusen ut Leendol (Lilienthal) föhr mit sien lütt Gespann dör Trup (Trupe) un sammel Pott und Pann, Knoken und Plünnen. Aal dat, von wat de Lüd meenen, dat weer nich mehr to bruken, weer für em noch goot genuch to bekieken, ob 't nich doch to repareern güng.

De Bremer Koopmann Heye, de mannig Johr in ne Trup läwt hett, dröp „Opa Plünn" up de Stroot, keek sik de lökern Pötte an, de Opa up'n Wogen stukt harr un frög em: „Segg mol, kann' denn von aal den utranjierten Krom ok läben?" – „Heye, seggt Se't ober nich wieter", resonneer Opa Wischhusen, „von anner Lüd Dummheit, dor läwt wi Plünnkeerls jo von..."

Altersbeschwerden

Dierk Lürs ut de Trup (Trupe) is ok in sien' Oller noch 'n vergnögten Keerl, de geern vertellt ut ole Tieden. He is tietslebens wenig krank wesen un kann dat nu gornich verstohn, dat he 't mol in 'Pukkel kriegt un no 'n Dokter mutt. As he woller no Hus kummt, dor frogt se em vull Sorgen, wat de Dokter denn seggt harr.

Dierk worr richtig grantig, wat 'n bi em gornich gewennt weer: „De Dokter – de spinnt jo woll! He sä, dat weern – *Altersbeschwerden*. Altersbeschwerden! So 'n Tühnkrom. Ik bün just säbenunachtzig worrn – un denn all „Altersbeschwerden" – wo schüllt de bloß herkomen?"

Trüper bunte Reeg

In 'ne Trup (Trupe) geiht dat just so to as in mannig anner Dörp ok: wenn dor fiert word, Geburtsdag, Kunfermutschoon, Verlobung un wat dat sonst allens gifft, denn sitt bi dat Eten Froonslüd un Mannslüd dörnanner up 't Flett. Ober wenn de Mohltiet denn vörbi is, goht de „Vernunftigen", dat sünd de Mannslüd, in de een' Stuben, un de noch veel Vernunftigern, dat sünd de Froonslüd, in de anner Stuben. Dat heet de „Trüper bunte Reeg". Un so kriegt sik beide Geslechter nich woller to sehn, bit dat no Hus geiht. De Mannslüd drinkt Sluck un Beer un an Winterdag Grog; so stief, kann de Läpel in stohn. Un de Froonslüd drinkt Wien. Witten Wien, bloß jo nich to suur.

Woröber snackt de Mannslüd, wenn se tosomenhockt? Öwer de Peer un öwer de Kalwerpries. Un woröber kokelt de Froonslüd, wenn se tosomenkluckt? Öwer ehr Mannslüd. So güng dat ok an dissen Obend, as Beta ehren soßtigsten Geburtsdag fier. Jedeen Nobersche wuß wat nees öwer ehrn Mann to vertellen. Dat mutt jo reinut slimm wäsen, wat disse Keerls för Macken hebbt un wat se aals anstellen doot. Een öwertrumpf de anner mit ehr Belevnis. Dor worr dat us Beta to dull dormit; se sett sik in Positur un röp: ,,Ik weet gor nich, wat ji jümmer mit jur Mannslüd hebbt. Wenn ik *ju* so proten hör, denn heff ik jo 'n afsunnerlich gooten Keerl to'n Mann kregen. Noch fröh an dissen Morgen harr ik 'n Belevnis. Ik wok doch mitten in 'ne Nacht up un sett mi liekut in' Bett hen. Hemmann blangen an snorkte, as wull he de Eekbööm up'n Hoff affsogen. Dor stott ik em an un sä: ,Weeßt du, wo ik nu mol so richtig Lust up harr?' – Dor keek he mi dösig an, as weer ik in' Kopp nich ganz richtig: ,Wo schall ik dat weten – mitten in 'ne Nacht?'' Ik anter: ,Du – up so'n scheunen brunen knusprigen seuten Appelpankoken!' Wat meent ji, wat passeert. Steiht doch disse Seel von Keerl up, slart mitten in 'ne Nacht mit Holschen in de Köken un backt mi to'n Geburtsdag so'n scheunen brunen knusprig seuten Appelpankoken! Hebbt ji dat för möglich holen?''

(Ssüh, un nu frog ik mol aal de Mannslüd, de dit Vertellen hier läsen hebbt: Keen von ju is denn all mol mitten in 'ne Nacht upstohn un hett för sien Froo so'n scheunen brunen knusprig seuten Appelpankoken backt? Ik wett dorüm – keeneen! Un denn wunnert wi Mannslüd us, dat de Froonslüd up'n Geburtsdag nix goors öwer us to vertellen weet. . .)

Neid up de Weid

Seggt de Koh:
„Wat hebbt ji Peer dat goot!
Mit jurn langen Haals reckt ji öwer jedeen Tuun –
un könt
    supen –
        supen –
            supen. . ."

50

Snäcke: Tiern ünner sik

Di is nich to troon,
sä de Hund,
dor dröp he den Swinegel

Nimm mi dat nich öwel,
sä de Voss,
dor harr he de Goos bi'n Wickel

De Luft schient hüt nich rein to sien,
sä de Voss,
dor kreeg he ne Lodung vull Schroot

,,Ik glöw, hier bliev ik'n bäten" −
sä de Voss,
dor seet he mit'n Steert in de Fall'n

Nu wäs man nich bang,
sä de Hohn to'n Regenworm,
dor freet he em up

Dat word'n hitten Dag,
sä de Hohn,
dor keem he in' Pott

De Sok hett'n Hoken,
sä de Heeck,
dor seet he an de Angel

FROONSLÜD – MANNSLÜD

Snäcke

Een Mann ohn' Froo
is as'n Schipp ohn' Stüür

Een bäten scheef
hett Gott leew

De een Lee köfft no'n Klang
un een Froo no'n Gesang,
is, wull du mi frogen,
man meisttiet bedrogen

Reinigkeit mutt wäsen,
sä de Froo,
dor fegde se den Disch
mit'n Heidbessen af

Reinigkeit is't halwe Leben,
sä de Froo,
dor kehr se sik to Neejohr
dat Hemd üm

Froonslüd Arbeit is behenne,
ober nimmt doch nie een Enne

Hochtietsriemel von anno tobak

"In Leendol (Lilienthal) de lewen Bekannten,
Onkeln, Vettern, Basen, Tanten,
do ik hiermit kund un to weten,
dat wi us Plünnen tosomen smeten.
Wi sitt' nu beid vör een Brodschapp.
Ik: Jan Micheels un Madda Japp"

Jochen un Adeline

Jochen Monsees harr up'n Adolphsdorper Schutzenfest 'n smucke Deern kennenlehrt. Se lach as de Sünn un danz as 'n Tüt. Nu weer Middernacht all vörbi un Adeline muß no Hus.

"Wo wohnst du denn?" wull Jochen weten. "Och", sä Adeline, "dat is gornich so wiet – lüttje halbe Stunn to Foot." So güngen de beiden denn Arm in Arm den Weg dört Moor. As se all so'n Stunnen ünnerwegens weern, frogde Jochen mol: "Wo wiet mag dat denn noch wäsen?" – "In 'Viddelstunn sünd wi dor, dor kannst up aff", meen Adeline. Jochen muß den ganzen Weg jo noch weller trüch! As de beiden nu endlich vör dat lütt Hus stünnen, wo Adeline in Stellung weer, keem de nee Dag all öwer dat Moor.

Nu wull Jochen noch gor to geern 'n bäten mit Adeline int Hus rin; as Mannslüd so sünd. Un Adeline weer ok inverstohn. Schallt jo gäben, sowat.

„Du mußt ober ganz liesen wäsen, wenn du de Trepp rupgeihst, dat di bloß keen to hören kriggt", flüster se em to: „ik go mol eben vörut un kiek no, ob de Luft ok rein is. Ik segg di denn glieks Bescheed!" Un dormit husch se de Trepp hoch, un no 'n lüttje Tiet güng boben dat Komerfinster up: „Jochen?" – „Wat is nu?" – „De Luft is rein!" – „Dat is jo best!" – „Hest du dien Schoh all uttogen?" – „Adeline, dat hebb ik!" – „Hest du dien Socken ok uttrocken?" – „Adeline, dat hebb ik!" – „Kannst du denn up baafte Fööt ganz liesen slieken?" – „Adeline, dat kann ik!" – „Denn so sliek man up baafte Fööt ganz liesen *no Hus hen* . . ."

Maidag

Holten Hochtiet weer just wäsen. Teihn Johr weern se nu verheirot, Jochen un Trina, un in jedeen Johr to Februor weer 'n Kind geborn. In de eersten Johrn weer dat bannig veel Freud wäsen, ober dat geev sik mit de Tiet. Wo schull'n se bloß aal de Kinner dörbringen, se harrn doch bloß so'n lüttje Steer, de nich veel inbrocht. As an' Februordag nu dat olfte Kind to'r Welt keem, dor sä sik de Vadder: Wat schall ik bloß moken! He räken mol trüch, negen Monot: Wenn 't jümmer to Februor so wiet is – denn mutt dat jo jümmer an' Maidag passeert wäsen.

To Ostern sä Jochen denn to sien Trina: „Olben Kinner all – so geiht dat nich wieter. Jeden Maidag will ik man an de Deel slopen . . .“

Trina keek em ganz trohartig in de Oogen: „Jochen, wenn du meenst, dat dat helpen deit – denn slop ik dor ok . . .“

Dat groode Muul

Bi Jochen Monsees weer mol woller so'n richtigt Gewitter in' Huus. Sien Anna harr een Schättermuul un schell den ganzen Dag wat rüm. Nix weer ehr recht. De Jung kreeg 'n poor achter de Ohrn, as he man bloß een Wollerwoort harr. Jochen keem dor just up to un frogde: „Wo geiht dat hier denn to?“ Un Anna bewer noch an' ganzen Liev: „De osige Bengel ward von Dag to Dag frecher – de slecht ganz no di – un dat groode Muul hett he ok von di, dat kannst mi to glöben!“

„Tja“, meen Jochen dor un spee sienen Priem up 'n Footboden, „dor kannst woll recht hebben. Dat groode Muul hett he sicher von mi – du hest dien jo noch jümmer . . .“

56

Höhnerkokelee

Seggt een Hähn to de anner:

"Wat de Mannslüd sik bloß jümmer upspäln doot mit ehr bunten Feddern un ehr veelet Rümkreihn; un wi Froonslüd möt jümmer ganz eenfach in Tüch gohn –
un fallt gor nich up; un Rümkreihn könt wi jo gor nich.
Dat is bi de Minschen jo jüst annersrüm –
wenn se ok sonst in mannich Deel mit us Tiern öwer-een sünd . . ."

58

Peter un Beta

So mannig Johr weern Peter un Beta all tosomen gohn. Beide weern wat still un proten man wenig. So weern se ok noch gor nich dorup komen, över dat Heiroten to snacken. Dorbi much Peter sien Beta ok nu noch geern lieden, un so nöhm he sik een Hart un frog ehr: „Schullen wi beiden nich doch noch freen; wat meenst du?" „Och Peter", anter Beta, *„heiroten* – dat seggst du so lichtfaltig dorhen – wer nimmt us denn noch in usen Oller?"

Wollerwöör

Snieder Garvs weer de Nober von mien Oma. He un sien Hanne harrn dat foftig Johr ganz goot mitnanner utholen. Beide weern bannig fliedig. He meen dat jümmer goot mit annere, un se meen dat jümmer goot mit sik. In' Weltkrieg harr se vörsichtshalber up ehr Marmelodengläs Etiketten upbackt, wo upstünd: „Steckrübenmarmelade, für Ihn" – un „Erdbeermarmelade, *gute, für mich*".

Se harr de Büxen an, un *he* muß parieren. As dat foken so is. He harr woll mol Wollerwöör, ober geef denn doch kleen bi. As dat nich foken so is.

Up ehr golden Hochtiet sä he to'n Pastoorn: „Mien Froo un ik, wi hebbt us fein verdrogen: Ik dä jümmer, wat ik schull, un se dä jümmer, wat se wull."

Eens dogs nu güng em dat bannig klöterig. He

leeg up'n Bett, foot sik jümmer woller an't Hart,
kreeg dat Hosten un japp no Luft, dat 'n angst un
bangen weern kunn. Schull dat nu mit em to Enn
gohn? Hanne röp mien Oma to: ,,Antjen, wat mien
Mann is, wenn du den noch mol sehn wullt, kumm
man mol röber un kiek 'n di an.''

Un nu stünnen Hanne un Antjen in de lütt Ko-
mer vör dat Krankenbett un pliern neeschierig no
Snieder Garvs, de an'n Stöhnen weer, as keemen de
Leiden von de ganzen Welt straks up em dol. Ober
mitkriegen dä he aalns, as Hanne anfüng to hulen:
,,Ssüh, Antjen, so geiht eenen dat mit de Mannslüd:
Jümmer hebbt se Wollerwöör; hett 'n se denn so
wiet, dat se *keen* Wollerwöör mehr hebbt – denn so
goht se eenen doot.''

Man dootgohn dä Snieder Garvs so gau noch
nich. He verhol sik woller, un de beiden hebbt noch
mannig Johr fein tohopen lewt. Ober Wollerwöör
hett he nich mehr funnen; un Striet hebbt de beiden
eerst recht nich anfungen. Se weern sik jo so eenig,
un dat bleev dorbi: He dä jümmer, wat he schull, un
se dä jümmer, wat se wull . . .

TWEE VERTELLEN
VON DE OOGEN

Dat Oog will ok wat hebben

Jochen Gieschen ut Grasbarg (Grasberg) keem bi den Pastoorn in't Hus un melde: „Ik wull nu woll freen; wat meent Se dorto?"

„O Jochen", sä de Pastoor, „dat freut mi ober bannig. Wat förn Deern hest du denn funnen?" – „De Alheid ut Rutendorp, de bi den Schoolmester in Stellung is." – „Jochen, dat is jo ok 'n smucke Deern, mutt ik all seggen. Ober weest du denn, dat de man jümmer bannig üm sik sleiht?" – „Dat weet ik woll, Herr Pastoor – ober ik meen man: Dat *Oog* will ok wat hebben . . ."

Dree Weken no de Hochtiet dröp de Pastoor Jochen mol wedder. De harr'n groot Ploster öber't linke Oog. „Na Jochen", grien de Pastoor, „hett dat *Oog* nu noog kregen?"

Hen un retur

De lüttje Jan Pingssen (Pfingsten) ut Feldhusen hett'n lütt Ponny so groot bloß as'n Schäperhund. Dat is sien eens un aalns. Dor kann he gor nich ohn to. Nu kreeg dat Peerd mit'n Mol so'n gelen Pleck in't eene Oog, de jümmer gröter worr; un Jan frogde den Peerdokter, ob he den nich wechopereern wull. Dr. Kettler schuddel mit'n Kopp, ok wenn't em leed dön: „Jan, so etwas lohnt sich nur bei sehr wertvollen Reitpferden." Dor füng Jan an to blaarn un kunn sik noch gor nich woller verholen, as he un sien Vadder in 'ne Trup (Trupe) bi Ahrens een beten Hau för „Jessica" holn dän. De Buur, de frogde em: „Na Jan, wat blaarste denn?" – „Mein Pony wird auf einem Auge blind. Das kriegt dann ja bloß noch die Hälfte zu sehen." Dor strokel de Buur em öwer den Strubbelkopp un geev em den Trost: „Nu blaar man nich. Wat dien Jessica uppen Henweg nich sehn kann, dat sitt se denn, wenn se retur kümmt."

GUNN DI WAT GOORS

Snäcke

Bäter dröög Brot in' Freden
as saftigen Braden in' Striet

Dat Enn von't Swien
is de Anfang von de Wust

Wenn 'n Gizhals noch lecker is,
denn hett de Köksch veel Koppweh

De Bookweten is nich eder sicher,
bit he in' Mogen is,
sä de Froo,
dor full ehr de Pankoken in de Asch

Bookwetenpankoken un Bookwetengrütt
sünd bi de Arbeit de beste Stütt

Up'n vullen Buk
steiht'n lustigen Kopp

Wat helpt mit dat,
dat de Sünn schient,
sä de Buur,
wenn ik son Dorst heff

Wenn ok de Foot
mutt Frost liern,
kann doch de Hals
keen Dost liern

De Hals is bloß'n lütt Lock,
ober dor geiht'n ganzen Buurnhoff dör

Dör de Kehl geiht veel

In Köhm versupt mehr
Minschen as in Woter

"Dialog" bi't drinken

"Ik seh di" –
                  "Dat freut mi"
"Ik sup di to" –
                  "Dat do"
"Prost!" –
                  "Prost!"
"Ik hebb di tosopen" –
                  "Hest 'n rechten dropen"

Een mutt nöchtern blieben

"Gooden Dag, Herr Pastoor! Ik wull Se man seggen: Von mien Froo, dor will ik mi scheeden loten!"

"Dat is doch woll nich wohr? Wat hebbt Se denn för 'n Grund dorto?" –

"Grund dorto? De ole Satan hett dat Supen anfungen, Herr Pastoor; morgens is se all betütert un lett den ganzen Dag den Brannwienbuddel gor nich mehr los!"

"Dat is jo slimm genog! Ober wunnern mutt ik mi doch: Se drinkt doch sülvst! Se sünd jo in' ganzen Dörp as 'n Süper bekannt!" –

"Jo, Herr Pastoor, dorum jo eben! *Een* in de Familje mutt doch nöchtern blieben . . ."

Jagels Sluck

Jagels Brannwienbraueree in Tarms (Tarmstedt) mokde fröher den besten Sluck in use Gegend. In Adolphsdorp in' Düwelsmoor harr de "Hannoversche Vereen" mol 'n Fest to fiern. De Wirt, de harr dat nich für möglich holen, wat dissen Obend aalns drunken worr. So Klocker olben weer man bloß noch een Dimijon mit Jagels Sluck vörhannen. "Dat will ober nich recken – wi möt dor ornlich Woter todoon", sä he to sienen Jung. So gegen Middernacht weer de Dimijon all wedder meist leer, un nu muß noch mol dat Woter uthelpen. De „olen Hannoveroner" weern ober all so betüselt, dat se gor nich mehr marken, wat se dor to sluken kreegen. Un as midden inne Nacht de letzten dree up'n Damm no Hus hen stäbeln, dor sä de Hinni Kück to siene beiden Mackers: „Ik heff dat jo all jümmer seggt: Jagels Sluck ist doch de beste; je mehr du dorvon drinken deist, so nöchterner worrst du dorvon . . ."

De Eer, de dreiht sik doch

Jan un Hinnerk seten in' Kroog un drünken jümmer noch 'n vörletzten. Een Dornkaat, een Beer; een Beer, een Dornkaat. Un dorbi snacken se öwer dat Weer un de slechten Katuffeln; öwer Gott un de Welt. Dor frog Jan: „Weeßt du Döskopp egentlich, dat de Eer sik dreiht?" – „Wat protst du dor vör dumm Tüg? De schall sik dreihn? Dat muß ik jo mit mien eegen Oogen sehn könen!" anter Hinnerk.

Beide keemen duhne no Hus, un as Hinnerk an' annern Morgen upwoken dä, keek he sik ganz verwunnert üm. Denn so sprüng he mit een' Satz ut'n Bett, tög sik gau wat an un storte Hals öwer Kopp no Jan in't Hus, de just bi't Koffeedrinken weer. „Jan", sä he, „du hest doch recht; de Eer, de dreiht sik!" „Ssoh, wull du mi 't nu glöben?" – „Jo, Keerl.

Ik harr dat nich för möglich holen. Öwer Nacht hett se sik all *halv* ümdreiht, denn as ik hüt morgen upwok, dor leeg ich doch mit'n Kopp bi't Footenne..."

Adam kann swümmen

Jochen weer sonst 'n düchtigen Keerl un kunn arbeiten as 'n Peerd. Wenn he bloß dat ole Supen nogäben dä! Morgens all keek em de Sluck ut de Oogen.

De Pastoor de arger sik, as he em woller mol duhne dröp: „Sie sollten sich schämen, Jochen; wie oft hab' ich es Ihnen schon gesagt: Sie sollen den alten Adam ersäufen durch tägliche Reue und Buße!"

„Tschatschatscha –, Herr PPPastoor", anter Jochen, „ik weweweet dat woll; ik heheheff den olen Adam ok all foken in 't Wowowoter rin smeten. Se mögt dat nu glöben oder nich: Ik krieg em nich ünner – A-a-adam kann swümmen . . ."

68

Torfstich in' Düwelsmoor

Jan Torf, de warnt di:
„Goh hier bloß nich langs in' Düstern –
kunnst mol in de Moorkuhln falln . . ."

70

DE VERFLIXTE ARBEIT

Snäcke

Gor to fliedige Mudder
gifft gor to fule Döchter

De dor will meihen,
de mut ok seien

Ackerwark is Plackerwark

Arbeiten will ik woll, sä de Buur,
ik kann bloß mien eegen Sweet nich rüken

Nimm di nix vör,
denn sleit di nix fehl

De Arbeit is keen Hos,
se löppt us nich weg

Dat leert sik nix lichter
as de Fulheit

Wenn de Arbeit is geschehn,
lot de fulen Lüd sik sehn

He lett nix liggen
as Möölsteen un gleunig Isen

De Knechte:
Wenn' bi'n Buurn deent,
deent'n bi'n Ploog —
kriggt man up't Johr een Schoh —
wenig genoog.
Schoh, un keen Snall daran,
Buur is keen Edelmann,
Buur is een Buur,
gizig von Natur

Mürmannsweet is dür,
'n Drüppen kost'n Daler

Arbeit söken

Harm Böttjer weer de fulste Keerl in' Dörp. Keen Pedd to veel – keen Pedd to flink: dat weer sien Devise.

Dor wunner sik de Pastoor ober, as he Harm mol lopen seech: „Nanu, Harm, was ist denn bloß in Sie gefahren?" – „Heff keen Tiet, Herr Pastoor, kann mi hier nich upholen. Heff eben wat von Arbeit hört. Dor is'n Steer free!" – „Und Sie haben die Arbeit bekommen?" – „Weet ik noch nich – will gau nofrogen." – „Um welche Arbeit handelt es sich denn?", wull de Pastoor nu weten. In' Weglopen dreih Harm sik half üm un röp: „Een Waschsteer för mien Froo! –"

De sure Arbeit

„Jochen, du mokst jo 'n Gesicht, as weern di de Petersiljen verhogelt. Wat is denn los mit di?"

„Hannes – ik will di dat man verrorrn: ik heff so 'n bannig sure Arbeit tofotkregen – dor go ik noch koputt bi!"

„Wo kann dat denn angohn?"

„Ik föhr jeden Dag no Bremen un verdeen mien Geld in' Hoben. Morgens um soß geiht dat dor all los. Jümmers de dicken Koffee-Säcke schuben. Dree Stunnen in eene Tuur! Kummst bi ut de Puste! Forns no'n Fröhstück geiht' wieter mit de Schinneree. Gau dat Middageten dolsluken un denn in eenssen weg bit Klocke veer. Denn so happachst du as 'n olen Jagdhund un fallst tosomen as so 'n Sack, wenn de Koffee rutschutt is . . ."

„Mann, Jochen, dat hollt jo keen Peerd ut! Wo langen mokst du dat denn all?"

„Wo langen? Morgen fröh schall ik anfangen . . ."

LÜTT BÄTEN POLITIK

Snäcke

Dor word narns mehr logen, as wo snackt word

Je grötter de Oss, je grötter dat Muul

Dummheit un Stolt waßt up een Holt

He is so klook, he kann Honnig ut 'n
Peerködel sugen

Kumpenie is Lumperie

„So will ik 't hebben,"
sä de Düwel,
dor prügeln sik de Lüd

Een Minsch, de sik nich to helpen weet, is nich weert,
dat he in de Bredullje kummt

Luft afloten

De „goote ole Tiet", von de so veel snackt word, weer gewiß nich jümmer un ganz gewiß nich för alle Lüd so 'n „goote ole Tiet", as dat noher so schient. Von mannig Not to'r Kaisertiet weet wi hüt nich veel von aff. Korl Leendol (Karl Lilienthal) weer lange Tiet Schoolmester in Heidbarg (Heidberg), un he funn noch Tiet, öber den Moorkommissor Findorff een Book to schriewen un ok sonst in de Heimot to forschen. Sien Vadder weer Lokomotivföhrer un as Sozioldemokrot just keen Fründ von Kaiser Willem. Nu weer dat verborn, de Lokomotiven fleuten to loten, wenn de Sonnerzug von' Kaiser up'n Bohnhoff hölt; de Kaiser droff jo nich stört weern. Vadder Leendol kunn dat schrille Fleuten un Pingeln ober nich loten, as he up'n Bremer Bohnhoff an' Kaiser sien Zug vörbiföhrn dä. Nu muß he „för't Brett": De Isenbohnbeamten frögen em, ob he't denn nich wuß harr, dat dat vorborn weer. „Wuß hebb ik dat woll", anter Leendol, „ober vör usen Kaiser hebb ik jo sonst keen Möglichkeit, *mol ornlich Luft aftoloten . . .*"

De Schandoldemokroten

In olen Tieden weer dat in mannigeen Dörp so, dat de Buurn gor nich recht wussen, wat dat mit de Sozioldemokroten up sik harr. Se kregen man bloß mit, dat de jümmer veel Schandol moken dän, wenn dat gegen den Kaiser un de annern hogen Herrschaften güng, un dat de mehr Geld för de Arbeit hebben wullen.

Nu dröp Hinnerk Geffken mol sienen Swoger Bernard bi 'n Geburtsdag un frög em: „Segg mol: Hebbt ji in jurn Dörpen ok disse olen Schandoldemokroten?" – „Schandoldemokroten?", wunner sik Bernard, „wat sünd denn dat för welke?" – „Ganz verdeubelte Keerls sünd dat", füng Hinnerk an to schafutern, „wüllt jümmer mehr Geld hebben un gornix doon; hebb ik läsen!" – „Jooo"-, meen Bernard nu, „denn so hebbt wi dor ok twee Stück von: us Schoolmester un us Pastoor..."

Dütsch is bannig swor

In een Gemeende up de Geest dor weer de Tollwut utbroken. De Borgermeister harr een Schild anbringen loten, wo up stünd: „Wer seinen Hund frei herumlaufen läßt, der wird erschossen!"

De Gemeenderot ober weer dormit nich inverstohn. Wenn' dat läsen dä, denn kunn' jo denken, dat de, de den Hund tohört, dootschoten worr un nich de Hund. Dor meen de Borgermeister, he wull dorangohn un dat all klorkriegen. An' annern Dag leet he denn 'n neet Schild anbringen. Nu weer woll aalns inne Reeg un keen Mißverständnis mehr möglich, denn nu stünd to läsen:

„Wer seinen Hund frei herumlaufen läßt, der wird erschossen, *der Hund.*"

Borgermeister sien Jubiläum

Fiefuntwintig Johr weer Jochen all Borgermeister wesen. Een lange Tiet, wo he veel belevd harr in sien Gemeen. Nu schull dat fiert weern, un he begrüß aal de Gäst in' Rothus, de em to Ehren komen weern. Dorbi vertell he'n Sprickwoort, dat dor heet: „Jeder Mann kommt klüger vom Rathaus zurück". „Ssüh", sä Jochen denn, „so is mi dat ok gohn: fiefuntwintig Johr bün ik jeden Dag no'n Rothus gohn un jeden Dag klöker returkomen!"

Dor sä een von sien Beamten in de eersten Reeg to een' annern: „Vandoge noch is he unklok noog. Wat mutt he eerst för'n Dösbattel wäsen hebben, as he vör fiefuntwintig Johrn anfungen is . . ."

FIEGELIENSCHE LÜD

Snäcke

Gegen 'n Föör Meß kanst nich anstinken

Gott si Dank, hier gifft dat keen Mucken,
sä de Buur,
dor full he bi't Sneedrieben
in' Groben

Sett di up'n Mors, sä de Froo,
denn lopt die dor keen Müüs rin

Mit dat ol Schuldenbetohlen
verklickert'n sien best Geld

De een' hett den Büdel,
de anner dat Geld

De Lust hett to hanneln,
hett ok Lust to bedregen

Up de Vigelin lett sik goot späln,
sä de Afkoot, dor kreeg he'n Schinken

Dat wüllt wi woll kriegen, sä de Afkoot,
dor meen he dat Geld

Afkooten un Wogenröör
möt jümmer goot smert weern

Dat best is jümmer,
seggt Jan Brümmer,
sik sülben an de Näs to foten
un anner Lüd in Roh to loten

De B O E

De B O E, de Bremervörde – Osterholzer – Ei-
senbahn, dat weer de „Moorexpress", den dat nu
ok all langen nich mehr gäben deit. He juckel so
mannig Johr dört Düwelsmoor, ober stimmen dä
dat nich, wenn de Lüd sän, dor kunn' bequem blan-
gen an lopen, ohn ut de Puste to komen. Ok weer
dat nich gerecht, wenn' seggen dä, dat weer de
„Martin-Luther-Zug" no de Devise: „Hier stehe
ich, ich kann nicht anders." Dat kunn woll mol vör-
komen, dat Zugpersonol un Fohrgäst ünnerwegens
in Nee-Sankt-Jürgen so 'ne halbe Stunnen een
Hochtiet mitfiern dän un denn eerst mit Pingeln un
Fleuten wieterföhrn; ober meisttiets keem he täm-
lich pünktlich an 't Ziel.

Mol stünnen up'n Weyerbarger (Worpsweder)
Bohnhoff twee Kunststudenten, de no Bremen
trügg wullen un sik öber dat BOE amüseern. To'n
Schaffner meenen se: „B O E - das heißt wohl: Be-
stimmt ohne Eile". De Schaffner weer ober nich
up'n Mund fullen un anter: „Nee – dat heet ganz
anners: Beide Ochsen Einsteigen! . . ."

Zickzack

Een Buur ut Heidbarg (Heidberg) weer vör't
Leendoler Amtsgericht loden. He harr den ganzen
Verkehr behinnert, as he in' Zickzack de Land-
stroot dolföhrt un nu anzeigt worrn weer. Amts-
richter Hoffmann forder em up: „Nun erzählen Sie
mal: warum sind Sie im Zickzack gefahren. Sie hat-
ten wohl Alkohol getrunken, was?" „Nix dorvon,
Herr Amtsrichter. Ik weer nochtern as 'n neeborn
Kalw. Ober de Landstroot liggt in mien Jagd. Un
dor mutt ik jo jümmer dat Wild in' Oog hebben;
mutt hegen und plegen. Ssüh, un as ik den Dag ün-
nerwegens weer mit mien Auto – da sah ich da
rechts einen stolzen Sechser, einen Sechs-Stangen-
bock, hundert Schritt weiter tummelten sich links
zwei Hasen, wieder nach hundert Schritten er-
spähte ich rechts ein Elsternnest im Eichbaum, und
wieder etwas weiter säugte links auf grüner Wiese
ein Reh zwei Kitzen. Das alles muß ein Jäger mit-
kriegen, Herr Amtsrichter, sonst docht he nich un
ist kein rechter Waidmann, müssen Sie wissen. Un
bloß dorum bün ik in' Zickzack juckelt . . ."

Amtsrichter Hoffmann hett nachts in' Bett noch
lacht.

Dat Plumsklosett

"De Achterdöör mutt open stohn, denn kann de Dokter wietergohn." Dat weer Hinni Kück sien Wohlspruch.

Leidschen ut Bremen weer to Besök bi ehrn Broder in Adolphsdorp. As se von dat Plumsklosett in' Goarn ganz jeniert woller int Hus keem, stotter se man bloß: "Dor go ik ober nich woller sitten – de Koben is achtern nich dicht; dor kann doch jedereen rinkieken." Dor meen ehr Broder: "Leidschen – is doch half so slimm: von vorn kann di dor nums sehn – un von achtern kennt di hier in' Dörp keen een . . ."

De ole Schüün
oder
Flickerwark
oder
"Zweckentfremdung zweier Herzen"

Seggt dat eene Hart to'n annern:
"Wo wi beiden nich öwerall goot för sünd..."

86

De Musterung

Hinni Kück muß no'r Musterung in Stood (Stade), un nu weer he gornich dorup gefoot, dat he sik nackicht uttehn schull. Harrn se em jo ok vörher seggen kunnt, denn so harr he ok sien Fööten wuschen! De wasch he nämlich sonst bloß aal veer Weken mol, ob 't nödig weer oder nich.

Nu stünn he dor vör 'n Stobsarzt, de em von boben bit unnen bekeek, as weer he so' n Weltwunner. Sien Hohr weer so glatt, as wenn em de Bull lickt harr, ober unnen weer he so ruug, as wenn he just baaft ut 'ne Moorkuhlen stägen weer. ,,Stellen Se dem Kerl mal ne Schüssel mit Wasser hin", sä de Stobsarzt to sien Hölpen. ,,Steigen se da rein," blaff he nu Hinni an. De dä dat ok un plier nu ganz verwunnert no den Stobsarzt hen. ,,Wissen Sie, wozu das gut ist?" – ,,Nä", anter Hinni, ,,woher schall ik dat woll weten?" – ,,Dann denken Sie mal gut nach!", meen dor de Dokter un stell sik breetbeenig vör em hen. Dor keem Hinni Kück denn de Erleuchtung: ,,Nu weet ik Bescheed – ik schall bi de Mariners..."

Dat Hauland

De meisten Buurn ut 'n Düwelsmoor harrn fröher man wenig Hauland, un dor mussen se sik woanners wat topachten. Mol brochten so 'n poor Moorbuurn ehren Torf no Bremen un spannen ünnerwegens in Borgfeld ut, güngen in de Wirtschaft un verholen sik bi Sluck un Beer. Dor dröpen se nu Heini Schomaker, een richtig Borgfelder Original; jümmer fiegeliensch vull Kneep in' Kopp.

„Heini," frögen em de Torfbuurn", wi sökt Hauland. Weeßt du villicht, wo wi hier in Borgfeld noch wat kriegen könt?"

„Ober gewiß doch", anter Heini Schomaker, „Hauland könt ji aal von mi kriegen, so veel, as ji hebben wüllt." „Dor hebbt wi jo bannig veel Gluck, wenn dat so is", freu'n sik de annern. Un Heini sä: „Ji hebbt so veel Gluck, as ji dat gor nich verdeenen doot: bi mi brukt ji an Pacht man bloß half so veel to betohlen as woanners. Ober een lüttje Bedingung is dorbi. – Nu loot us man eerst ornlich welke drinken, denn könt wi dat aalns in ne Reeg bringen." Un de Moorbuurn gäben ok eerstmol eenen ut', un denn noch een' und noch een', bit jem aal de Sluck ut de Oogen keek. As se nu ok noch 'n Pannenslag mit Knipp un Büdelwuss spendeert harrn, dor sä 'n se: „Nu wüllt wi ober endlich den Verdrag moken. Wat is dat denn för een Bedingung, de du mokt hest?"

„Tja", sä Heini Schomaker ganz drög un keek jem plietsch an ut sien gleunige Oogen, „ji kriegt dat Hauland to 'n halben Pries för een halbet Johr. An' Oktoberdag könt ji 't pachten – ober to Föhrjohr mutt ik 't denn jo woller hebben. . . "

De Agrarier

Dit mit den „Agrarier" – passeert is dat vör gor
nich lange Tiet. Een Geestbuur wull een von sien
Peer losweern un harr ok eenen Köper funnen. De
leet sik nu de Peer vorföhrn, een no't anner. Toeers
keem de Hannoveroner ut'n Stall. Een beten Draff,
een beten Galopp, mol eben vörn Wogen. 'n best
Peerd- kunn em woll gefalln. Denn keem de Bel-
gier. Een stäbigen Wallach. Een bäten Draff, een
bäten Galopp, mol eben vörn Wogen. Ok 'n goot
Peerd.

„Hest du denn villicht noch'n drüttet, dat ik mi
ankieken kann?", wull de Köper nu weten.

„Jan," sä de Buur to sien Hülpen, „denn hol man
den ‚Argrarier' ut 'n Stall." Een bäten Draff, een
bäten Galopp, mol eben vörn Wogen. Deukeweg –
so 'n best Peerd, dat kunn de Köper woll bruken.
Gau weer he mit den Buurn hannelseenig. Ober
eene Frog, de haar he noch: „Du hest seggt, dat is 'n
Agrarier? De annern Rassen kenn ik jo; Hanno-
veroner, Belgier. Ober von de ‚Agrarier', dor hebb
ik noch nix von hört."

„Tja", sä de Buur dor, „dat is so mit dit Peerd:
Dat kann düchtig arbeiten, ober dat fritt för twee
un suppt för dree! Un wenn et denn sien' Buuk stief
vull hett un so richtig rundum tofreer is – denn so
fangt dat an to stöhnen – to stöhnen un noch mol to
stöhnen! Wenn du dat nich kennen deist, denn
komt di glatt de Tronen – vör luter Mitleid. Ssüh,
un dorum nennt wi em den ‚Agrarier'. . ."

„Brrrrrh – gooden Morgen!"

„Fein't Weer vandog! Brrrrh!
Kann ik fors rüken! – Brrrrh!
Jan, spann an! – Brrrrh!
Ober büst du denn dull?
Lod' den Wogen nich so vull! – Brrrrh!"

HINNERK GIESCHEN
UN SIEN GESCHE

Hinnerk seggt:
      ,,Dat eerste, wat unnütz is:
      den Snee wegschüffeln;
      to Föhrjohr geiht de Snee von sülbens weg.
      Dat tweete, wat unnütz is:
      den Dokter holen;
      de Kranken blievt von sülbens doot.
      Dat drütte, wat unnütz is:
      junge Deerns 'n Brögam anschaffen;
      den schafft se sik vandoge sülbens an.''

Hinnerk seggt:
      ,,To'n Junggesellen bün ik nich mehr rüstig
      noog,
      dorum wull ik nu woll freen.''

Hinnerk meent acht Doge no sien Hochtiet:
      ,,Dat Freen is nu keen Kunst mehr:
      de slimmste Deern hebb ik all wech.''

Acht Weken no de Hochtiet harr Gesche all'n
strammen Jung an de Bost. Dor sä se to'n Pastoorn:
      ,,Us eerste Kind, dat keem 'n bäten fröh –
      dat schall nu ok nich woller vörkomen.''

Hinnerk seggt:

    „De Froonslüd, de blievt länger jung.
    Wenn wi Mannslüd all in de Johrn komt,
    komt se noch in de Weken."

Gesche, de smackmund', as se vörn Botterkoken sitten geiht:

    „Wat för de Strootens slecht is,
    is för den Botterkoken goot:
    dat sünd de Löker."

    „Dor kann' jo dat Sweeten bi kriegen",
sä Gesche, dor kreeg se twee Kinner up eenmal.

Hinnerk is 'n smiegen Keerl, luter Hut un Knoken.
Sien Gesche ober is wat stäbig. Un Hinnerk, de seggt:

    „Wenn Gesche in de Zeitung dat Fettdruckte läst, denn so nimmt se all to . . ."

Hinnerk seggt:

    „Dat dat Benzin dürer worrn is,
    dor hebb ik noch nix von markt —
    teihn Johr all tank ik jümmer just
    för twintig Mark . . ."

Hinnerk is den ganzen Dag nich to 'n Torfgroben komen.

Jümmerto jog man een Gewitter dat anner. Dor schuttkoppt he man bloß un seggt:

> *„Dat is 'n Arbeit mit de Arbeit;*
> *kom von de Arbeit – heff gor nich arbeit'!“*

Gesche is man kort un dick, Hinnerk is man lang un dünn. Gesche meent:

> *„He is so lang,*
> *wenn he Ostern natte Fööt kriggt,*
> *hett he eerst to Pingssen den Snööf.“*

Gesche hett ok bi slechtet Weer jümmer noch 'n Trost parot:

> *„Hett aalns sien Goodet:*
> *wenn 't regent, denn stuff dat ok nich so.“*

Gesche hett 'n goot Husmittel, dat in' Sommer vör Sunnenbrand schutzt:

> *„Brukst man bloß in' Schatten to blieben.“*

Een neeschierigen Bremer will mit Hinnerk to snakken anfangen.

> *„Schönes Wetter heute, nich?“*

Hinnerk hett keen Tiet un brummt man bloß in sienen Bort:

> *„Dat kann' ok sehn ohn' Snackeree . . .“*

Hinnerk verfeert sik bannig, as sien Gesche em in de
Sögstroten in Bremen luthaals anbolkt:
"Wenn du nich uphörn deist,
di no anner Froons ümtokieken,
denn so kannst du di bald no 'n anner
Froo ümkieken . . ."

Up sien silbern Hochtiet, dor meent Hinnerk denn
ganz plietsch:
"Mien Gesche un ik, wi hebbt tietläbens
an eenen Strang togen –
bloß foken jedeen an' anner End' . . ."

Hinnerk kann bannig goot to Woort un hett nich
jümmer sien Tung inne Gewalt. Dorum beert he
denn mol:
"Leewe Gott,
help mi, dat ik mien Muul nich eder
uptrecken do, bit dat ik weet,
wat ik seggen will."

Gesche seggt:
"Mien Hinnerk hett so 'n breet Mulwark;
wenn ik em 'n Söten updrück, quaddelt he
an beiden Sieten ruhig wieter."

Dor hett vör lange Tiet mol een nich uppaßt, un
Hinnerk weet Bescheed:
"Wenn de nich in 'n Appel bäten harr,
denn seten wi vandoge noch in' Para-
dies . . ."

96

Hinnerk seggt:

> *„Wer all'n Schwierigkeiten ut'n Weg gohn will,*
>
> *de schull up best all bi 'n Geborenweeren dootblieben."*

(För „Schwierigkeiten" gifft dat in platt keen Wort. „Schwierigkeiten" sünd un blievt hochdütsch. Se komt denn woll up platt nich vör . . .)

Stimmt nicht!
Dat heet „Scherereien"

PASTOORN UN ANNER LÜD

Snäcke

Pastoorn un Hunne
verdeent ehr Geld mit'n Munne

Gott mokde de Minschen toletzt,
sä de Pastoor,
ober se sünd ok dorno

Doo du dat dine –
Gott deit dat sine

Us Herrgott lett sik nich
in de Korten kieken

Wer Gott vertroot,
de mangelt nich

Praeter propter

In' vörigen Johrhunnert, dor harr mannigeen Schoolmester bloß in' Winter sien School to holen. An' Sommerdag mussen de Kinner up'n Hoff mit anfoten, bi de Oarnt helpen un up dat Veeh uppassen. Un de Schoolmester sülbens, de harr meist ok'n Landwirtschaft to versorgen, ohn de he nich noog kreeg to'n Leben. Gor nich so selten hett he ok de Tiern hott, de he von de Buurn tosomen drieben dä. Ok Jan Rohmborg (Rohdenburg) weer een von disse Mesters, de nich bloß de Kinner von' Dörpen unner sik harr; ok de Göös.

As he an een' scheunen Sommerobend nu de Göös no Hus drieben dä, keem em de Pastoor in de Mööt un frög em: „Wieviel Gänse haben Sie denn so zu betreuen?" Dor lä Jan sien Stirn in Falten un füng an to tälen. De Göös ober löpen so veel dörnanner, dat he jümmer woller von vorn anfungen muß un dor gor nich mit to schick keem. De Pastoor wull dat ober bloß so ungefähr wäten un sä denn: „Herr Rohdenburg, ich meine ja nur so praeter propter."

Nu weer de Schoolmester ober in Verlägenheit un dachte bi sik: „Wat meent de Pastoor dormit? Praeter propter – dat sünd jo lotinsche Wöör – wat mögt de bedürn?" Frogen much he sienen Vörgesetten ok nich; dat schick sik nich in ole Tieden. Mit'n mol keem Jan ober 'n Erleuchtung, wat dat „praeter propter" woll bedüden kunn, un he sä: „Och, Herr Pastoor, wat schall ik seggen: dat sünd

woll so goode achzig Präter und bloß twintig Prop-
ter."

De Woterstäbel

„Allens löpt sik trecht, bloß keen scheeve Stäbeln"

Schoster Brunkhorst sien Froo weer sturben, un'n
lüttje Tiet dorno keem de Pastoor bi em in't Hus un
meen:

„Brunkhorst, Se möt woller freen, dat is nich
goot, wenn de Minsch alleen is; dat steiht all in de
Bibel. Un för Se is dat eerst recht nich goot – wat
schall ut Ehr lütt Deern denn weern?" – „Mag woll
wäsen, Herr Pastoor", anter de Schoster, „ober
to'n Freen hört jümmer noch *twee,* un ik weet nich,
woher ik de Tiet nehmen schall, noch woller 'n
Froonsminsch *to söken.* Jo, wenn dat een för mi
moken kunn, un ik brukde bloß mit ehr vör 'n Altor
to stäbeln, denn wull dat woll angohn. Weet *Se*
denn nich 'n Froonsminsch för mi?" – „Brunk-
horst, wo weer dat denn mit mien Trina? De hett all
mannig Johr bi mi deent, is 'n ganz ornlichen Min-
schen, all'n beten wat sinnig un de kunn woll pas-
sen. Wo ist' dormit – schall ik ehr eenfach mol fro-
gen?" – „Dor doot Se mi ober 'n Gefallen, Herr Pa-
stoor. Ik kenn ehr gornich recht, ober wenn Se dat
to schick kriegt mit us beiden – denn mok ik för Se
ok 'n Poor Husschoh – ganz umsüß!"
De Pastoor, de grien sik een un frogde sien Trina.

De wöer em up leevst um 'n Hals fullen, dat se nun in ehr Oller un bi aal ehr Macken noch 'n Keerl kriegen kunn – un wenn't ok bloß 'n Kloppschoster weer.

Soß Weken güngen in't Land, dor weer Trina Froo Brunkhorst – und de Pastoor kreeg sien Poor beste Husschoh – ganz umsüß.

So'n goot Viddeljohr no de Hochtiet keem Schoster Brunkhorst to'n Pastoorn. He mokde 'n Gesicht, dor kunn' Rotten un Müüs mit bangen moken: „Se hebbt 'n Poor Husschoh kregen för de Freewarweree, Herr Pastoor! Nu will ik för Se noch 'n Poor goote Woterstäbel dorto moken, ok ganz umsüß! Dennso helpen Se mit ober ok von mien Froo bloß woller von aff! . . ."

Hemmann de Starke

Hemmann Renken un sien Broder weern' Keerls as Eekbööm. Groot un stäbig. Se kunn' vör Kraft nich lopen. Haarn Puckels so breet – kunnst mit Peerd un Wogen up wenden. Un ehre Hannen, dat weern Pranken – kunnst 'n Schuppen for stohnloten. De Lüd sän, jedeen von jem kunn woll'n Lokomotiven ut de Gleisen stöten.

Nu harr de Pastoor de beiden mol bäden, dat ole Harmonium ut 'n Gemeendesool in de Karken to drägen, wiel de Orgel repareert worr un nich spelen kunn.

So 'n Harmonium to släpen, dorto brukt 'n

egentlich so veer Mann hoch. Ober Hemmann un sien Broder, de kunn' dat woll alleen schaffen, meen de Pastoor.

As Hemmann nu keem un weten wull, wo dat Harmonium denn to griepen weer, dor frög de Pastoor em, worum denn Hemmann sien Broder nich mitkomen weer. „Mien Broder?", wunner sik Hemmann, „wat schall de hier woll? Herr Pastoor – hebbt Se denn *twee* Harmoniums to drägen? . .."

Den Köster sien Urdeel

Een kloken Keerl, de hett mol seggt: „De Köster is den Paster sien Gottswoortnoharker."

In de Weyerbarger Karken hett mannigeen jungen Kandidoten mit bewern Stimmen sien eerste Predigt holen.

De een keem dor goot mit to schick, de anner ok nich.

De een harr 'n „goote Utgov", as de Lüd sän, de anner räsonneer öwer de Köppe weg. Kunnst nix von verstohn.

Noher frögen de Kandidoten den Köster, wo em dat gefullen harr. Wenn 't goot wäsen weer, denn meen he man bloß: „Dor bill di man gornix up in – Gott hat Gnade gegeben!"

Wenn 't slecht wäsen weer, denn harr he eenen Troost parot: „De Text von de Bibel, de weer jo ok swor – ober de Gesänge, de hest du allerbest utsöcht. De hebbt di woller ruträten . . ."

De rechte Platz

Dat hett mol een' Pastoorn gäben in' Moor, den muchen de Lüd anners ganz geern lieden – wenn he bloß nich bi't Predigen jümmer so in't Tühnen komen weer. He kunn un kunn dat Enn' nich finnen; un wenn de Organist no de Predigt anstimmen dä: „Wachet auf, ruft uns die Stimme" – denn weer dat just de richtige Chorol an disse Steer . . . Ok den Sonndag, as Jan Renken no lange Tiet mol woller in de Karken weer un up de böbersten Bank sitten dä, keem de Pastoor nich to Potte un frög und frög un wuß jo woll keen Antwoort:

„. . . Meine Lieben in dem Herrn, wer kennt nicht Paulus? Wer kennt ihn nicht, den Gewaltigen? Wie soll ich ihn nennen? Wohin soll ich ihn setzen? Soll ich ihn setzen neben Philippus? Nein, meine Lieben, höher! Soll ich ihn setzen neben Lukas? Höher! Ist sein Platz neben Petrus, von dem geschrieben steht: ‚Du bist Petrus, und auf diesen Felsen will ich bauen meine Gemeinde?' Nein, auch da ist nicht sein Platz. Meine Lieben in dem Herrn, wohin soll ich ihn setzen? . . ."

Dor worr dat Jan Renken to veel; he stünd up, nöhm Gesangbook un Mutzen und sä von boben heraff:

„Herr Pastoor, wenn Se jümmer noch nich weet, wohen mit den Paulus, denn setten Se em man hier boben up mien' Platz – ik go nu no Hus."

Jeden drütten Wiehnachtsobend

Ok wenn' woll seggen deit: „Die Korten sünd den Düwel sien Gesangbook": een Pastoor in' St. Jürgensland much to geern Skat späln.

Jede Week seet he so tweemol obends mit de Buurn tosomen, un wenn he denn mit „achteihn– twintig – tweeuntwintig" losleggen dä – denn weern nich de Nummern von de Gesänge in de Karken meent. Gor to geern harr de Pastoor ober de Lüd ok mol öfter in den Karken sehn un nich bloß bi'n Kortenspäln. As he dor mol woller up to snacken keem, dor meen een' von de Buurn:

„Herr Pastoor – worum wüllt Se mi noch öfter sehn? Reckt dat denn jümmer noch nich? Tweemol de Week bin Skatspäln – un denn noch jeden drütten Wiehnachtsobend in de Karken? . . .."

Himmelsfreden

So quengelig un quesig weer keen anner Keerl in' Dörp as Jan. Jümmerto mok he'n Gesicht as acht Dog Regenwedder. Mit jedeen haar he Striet harrt. Un dor vergüng keen Dag, dat he nich rumschafutern dä un sien Umgäbung malträtier. Keeneen kunn em utstohn.

Nun leeg he up'n Dood. Dor besoch em de Pastoor un frogde em ganz eernst: „Haben Sie denn auch Frieden gemacht mit unserem Herrgott?"

Dor keek Jan em stief in't Gesicht un meen ganz

gnatterig: „Worüm denn dat? Us Herrgott is jo de eenzige, mit den ik tietläbens Striet gor nich eerst anfungen heff . . ."

De Döpschien

Jan Blendermann ut Leendol (Lilienthal) weer in jungen Johrn „utwannert" – no Sittens (Sittensen) in de Lüneborger Heid. In sien Oller besünn he sik just so up sien Geborenweern as up sien Starben, dat up em tokeem.

He weer een' ganz akroten Keerl, un dorum schreev he an den Leendoler Supperdenten, in ganz akroten Bookstoben, as he dat noch in de School lehrt harr:

„Sehr geehrter Herrn Suppredent!

Ich bitte mir mein Taufschein sobald wie möglich zuzustellen, da ich schon 90 Jahre alt bün und mich der liebe Gott jeden Tag abrufen kann, was ja hier im frommen Sittensen ohne Taufzeugnis ganz große Schwierigkeiten macht."

Swarte Seils

Torfscheep uppe Hamm (Hamme)

108

Erklärung
einiger plattdeutscher Wörter

Afkoot	— Advokat
afsunnerlich	— absonderlich
akrot	— akkurat
Arfenssupp	— Erbsensuppe
baafte Fööt	— barfuß
beert	— gebetet
beleven	— erleben
Belevnis	— Erlebnis
betütert	— angetrunken
bewern	— beben
blangen an	— nebenher
blaarn	— weinen
Bost	— Brust
in Brass komen	— in Wallung geraten
Büdelwuss	— Beutelwurst
Dimijon	— großer Behälter
Dösbattel	— Dummkopf
dolsluken	— runterschlucken
Draff	— Trab
duhne	— betrunken
eder	— eher
Eekbööm	— Eichbäume
fiegeliensch	— verschmitzt, pfiffig
foken	— oft
fors	— sofort
freen	— heiraten
gau	— rasch
gewennt	— gewohnt
gleunig	— glühend

glieks	– gleich
Goarn	– Garten
gräsig	– schlimm, schrecklich
griepen	– greifen
groleern	– gratulieren
Häben	– Himmel
Hauland	– Heuland
hilt	– eilig
Holschen	– Holzschuhe
hott	– gehütet
Hut	– Haut
jümmerto	– immerzu
Jungbeest	– Jungtier
kannst up aff	– kannst dich darauf verlassen
kniepögen	– zuzwinkern
Komer	– Kammer
Komotsen	– Freundinnen, Freunde
Läpel	– Löffel
Lee	– Sense
lett blau	– sieht blau aus
lichtfaltig	– leichtfertig
liekut	– geradeaus, senkrecht
Liev	– Leib
luthaals	– lauthals
luurt	– gewartet
Märken	– Märchen
meihen	– mähen
in de Mööt	– entgegen
narns	– nirgends
nei ut	– ging ab
Nobersche	– Nachbarin
Noberskopp	– Nachbarschaft
nogäben	– aufgeben
noog	– genug
Oarnt	– Ernte
Olendeeler	– Altenteiler
Pattschipper	– Straßenfeger

Pleck	– Fleck
Ploog	– Pflug
plieren	– schielen
plietsch	– pfiffig
proten	– erzählen
ramentern	– lärmen
Reeg	– Reihe
Rotten	– Ratten
rüken	– riechen
ruträten	– rausgerissen
ruug	– rauh
Schättermuul	– Vielquasslerin
Schandol	– Lärm
schellen	– schimpfen
schuttkoppen	– den Kopf schütteln
slarden	– schlurfen
slieken	– schleichen
smieg	– geschmeidig
stäbig	– stämmig
Steer	– Stelle
stukt	– gestaucht
swor	– schwer
tokum Johr	– nächstes Jahr
tosomenklucken	– zusammenhocken
treckt	– zieht
trohartig	– treuherzig
troon	– trauen
trüch	– zurück
Tuun	– Zaun
tweislon	– zerschlagen
uphörn	– gehorchen
Utgov	– Ausgabe
utschellen	– ausschimpfen
uttrocken	– ausgezogen
vandoge	– heute
verfeer he sik	– erschrak er sich
verholen	– erholen

Weer, Wedder	– Wetter
Wieserfinger	– Zeigefinger
woans	– wie
witschen	– blaß, weiß
Wogenröör	– Wagenräder
Wollerwöör	– Widerworte

Vom Verfasser dieses Buches
erschien außerdem in unserem Verlag

Bookwetenpankoken

Döntjes ut'n Düwelsmoor
un dor umto

Hunnert up'n Hümpel,
un Snäcke un Riemels

112 Seiten, Pappband

CARL SCHÜNEMANN VERLAG BREMEN